二度《ど》といきたくない！
オバ系図書館《けいとしょかん》
本の虫
少年《しょうねん》が大好《だいす》きな本の夢《ゆめ》から目ざめたとき自分《じぶん》が1ぴきの巨大《きょだい》な本の虫になっていることに気づいた…。
子どもの本コーナー
足《あし》をふみいれたがさいご、永遠《えいえん》に「本の赤ちゃん」たちのお世話《せわ》をすることに…。
ギャー！
黄泉《よみ》きかせ婆《ばば》
絵本《えほん》を読《よ》みきかせしてくれるがどれも地獄《じごく》のようにコワーイ話《はなし》ばかり…。
図書館《としょかん》コーンシェルジュ
図書館《としょかん》のごあんないから本さがしのご相談《そうだん》までなんでもおまかせ。ときどき化《ば》かされてしまうので ご用心《ようじん》！
コーンシェルジュ
グラビアをきったのはおまえかー?!

ナツカのおばけ事件簿《じけんぼ》

図《と》書《しょ》館《かん》の怪《かい》談《だん》

斉藤 洋・作
かたおかまなみ・絵

目次《もくじ》

このおはなしに
でてくる人たちを
紹介《しょうかい》するわ！

わたし（日暮《ひぐれ》ナツカ）。
この本の主人公《しゅじんこう》。
パパといっしょに
「おばけたいじ屋《や》」をやっている。
おばけの事件《じけん》はおまかせ！

パパ（日暮《ひぐれ》道遠《みちとお》）。
ナツカのパパ
ちょっとぐうたらだけど
頭《あたま》がよくて
「おばけたいじ」の
ひらめきはばつぐん。
たよりになる
かっこいいパパ。

本賀好子館長。
最新式《さいしんしき》の
市立図書館《としょかん》の
館長《かんちょう》。
夜《よる》の図書館《としょかん》に
あやしい人かげが
あらわれ
こまっている。

六路長枝
あることになやんで
事務所《じむしょ》をたずねて
くるが……。

ママ（日暮《ひぐれ》春香《はるか》）。
世界《せかい》で活躍《かつやく》する
ファッションデザイナー。
離婚《りこん》したパパと復縁《ふくえん》したくて
最近《さいきん》はよく事務所《じむしょ》にきている。

ここからが
おはなしのはじまり。
わたしの
おばけ事件簿《じけんぼ》を、
特別《とくべつ》に見せちゃうわ！

死神《しにがみ》タクシー運転手《うんてんしゅ》

金曜日《きんようび》の午後《ごご》八時《じ》。
東京《とうきょう》から新幹線《しんかんせん》で
一時間《じかん》ちょっとの
地方都市《ちほうとし》の駅前《えきまえ》。

ならんでいた
タクシーの一だいに
のりこみ、パパが、
「市《し》立《りつ》図《と》書《しょ》館《かん》まで
おねがいします。」
というと、
ドアがしまり……。

くのはてまで
ひとっとび
神二郎
んまタクシー

グワハッハッ！
むかえにきたぞ！
おまえたちのいきさきは
三途《さんず》の川《かわ》のむこう岸《ぎし》。
二度《ど》ともどれぬあの世《よ》だーっ！

……と、死神運転手《しにがみうんてんしゅ》がふりむいて、わたしたちにおそいかかって
きた、なんていうことはなく、やさしそうな運転手《うんてんしゅ》さんが、
「市立図書館《しりつとしょかん》ですね。かしこまりました。」
とこたえて、車を発車《はっしゃ》させ、十五分後《ご》に、
わたしたちは市立図書館《しりつとしょかん》についた。

タクシー料金《りょうきん》は、むかえに
でていた中年の女性《じょせい》が
はらってくれた。
その人が、こんどの事件《じけん》の
いらい人の図書館長《としょかんちょう》、
本賀好子《ほんがよしこ》だった。

金曜日《きんようび》の閉館時間《へいかんじかん》は午後《ごご》七時《じ》で、わたしとパパがついたときには、すでに図書館《としょかん》はしまっており、のこっているのは本賀好子館長《ほんがよしこかんちょう》だけだった。

前《まえ》に、わたしとパパは、テーマパークのゆうれい事件《じけん》をかいけつしたことがある。そのときのいらい人、稲鹿野為造《いなかのためぞう》は、じっさいにはそうではないのに、ゆうれいの正体をたぬきだときめつけていて、事件《じけん》がかいけつしたあとも、そう思《おも》っているようだった。

わたしたちを館長室《かんちょうしつ》にあんないすると、本賀好子館長《ほんがよしこかんちょう》はいった。

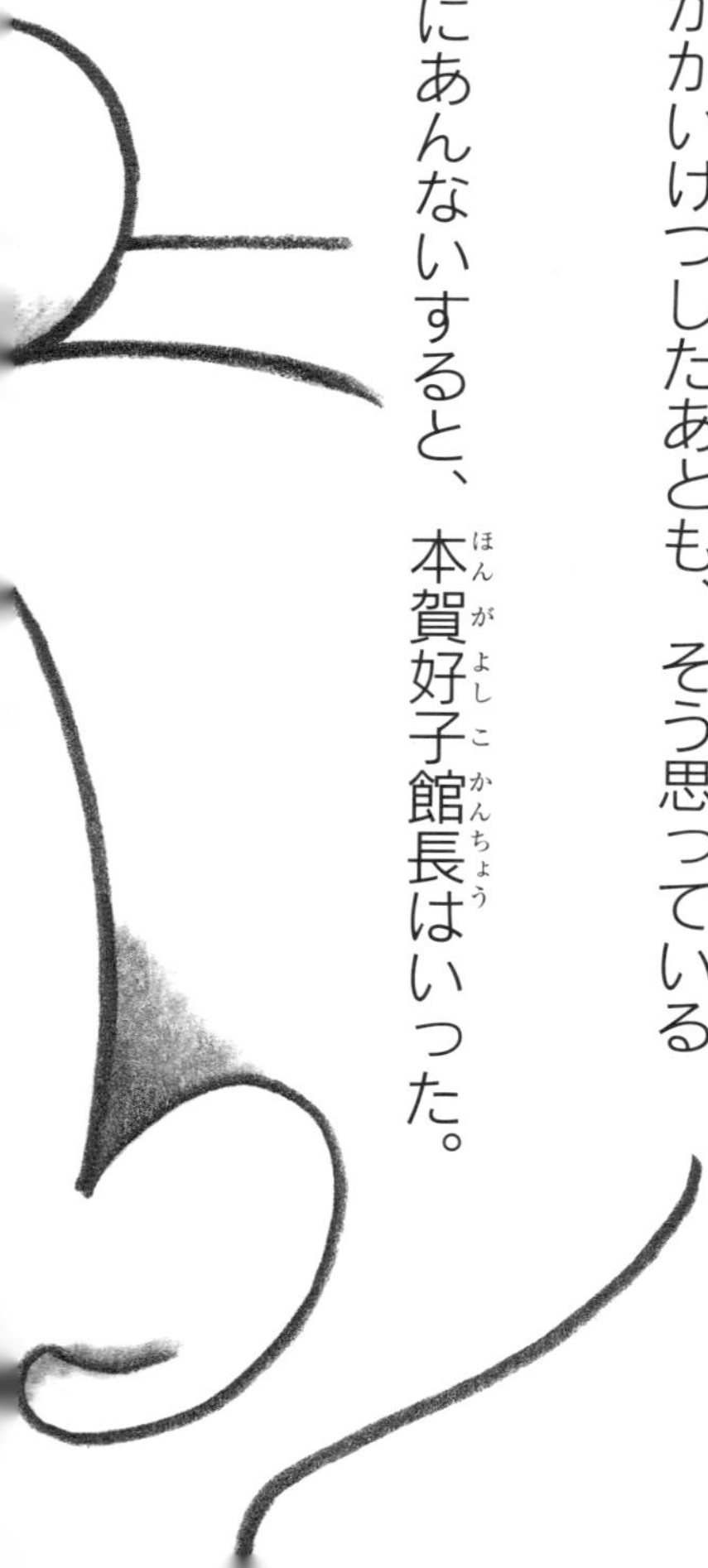

お電話《でんわ》でも、
もうしあげましたが、
わたし、稲鹿野《いなかの》さんとは
むかしからの知《し》りあいで、
こんどのことをちょっと
はなしましたら、東京《とうきょう》に
いいたぬきたいじ屋《や》さんが
いらっしゃって、
十万《まん》円《えん》でたぬきを
たいじしてくださると
いうことで……。
マタギ

わたしたちは、たぬきのたいじ屋《や》ではない。
わたしのパパはゴーストバスター、
つまり、おばけたいじ屋《や》で、
名前《なまえ》は日暮道遠《ひぐれみちとお》。
わたしは日暮《ひぐれ》ナツカ。パパの助手《じょしゅ》を
している。ママと離婚《りこん》してぐうたら生活《せいかつ》を
していたパパに、このしごとを
すすめたのは、わたしだ。

パパの事務所《じむしょ》は住居兼用《じゅうきょけんよう》のおんぼろマンションだけど、ママは世界的《せかいてき》に有名《ゆうめい》なファッションデザイナーで、わたしはママといっしょに、都心《としん》の超高級《ちょうこうきゅう》マンションにすんでいる。

けっこう、
お金たまってきたけど、
十万円《まんえん》なんて
いうんじゃなくて、
もっと大きなしごとを
したいよね。
ねこセレブ
ナリカのおばけ帳簿《ちょうぼ》
●前回の残高 ¥25,089,819
●収入 ¥0
●支出
マンション管理費 ¥10,000
電気・ガス・電話などの公共料金
¥30,770
エルゼベートのキャットフード代
¥4,200
●支出合計 ¥44,970
残高 ¥25,044,849

図書館《としょかん》の怪談《かいだん》

本賀《ほんが》好子《よしこ》館長《かんちょう》のはなしによると、事件《じけん》というのは
こういうことだった。
その市立《しりつ》図書館《としょかん》は三月《みつき》ほど前《まえ》に、たてかえられた
ばかりで、設備《せつび》はどれも最新式《さいしんしき》のものばかりだ。
月曜日《げつようび》は休館日《きゅうかんび》で、ふだんの日は午後《ごご》六時《じ》、
金土日は午後《ごご》七時《じ》に閉館《へいかん》する。

ところが、ほとんどの図書館員《としょかんいん》がかえり、
ひとりでまだ図書館《としょかん》にのこっていると、
どこからともなく、あやしい人かげがあらわれたり
するようになった。

さいしょに見たのはベテランの女性図書館員《じょせいとしょかんいん》で、それはひと月ほど前《まえ》の土曜日《どようび》の午後《ごご》十時《じ》すこし前《まえ》のことだという。みなかえってしまったあと、自分《じぶん》もかえろうとして、閲覧室《えつらんしつ》をとおったときだった。


書架《しょか》と書架《しょか》のあいだの細《ほそ》い通路《つうろ》を見ると、和服《わふく》をきている女の人がいて、ひょっとしてまだお客《きゃく》さまが図書館《としょかん》にいらして、げんかんがしまっているから、でられなくなってしまったのかと思《おも》いました。それに、なんだか、体《からだ》のぐあいがわるそうなので、わたしはその人のそばにいき、「もう、閉館時間《へいかんじかん》をすぎてますよ。

どうかしましたか?」

と声《こえ》をおかけしたんです。そうしたら……。

Nyaru

そうしたら、和服《わふく》の女は
ゆっくりと顔《かお》をあげたのだが、

その顔《かお》を見た図書館員《としょかんいん》は
悲鳴《ひめい》もあげることができないほど、おどろいた。
なんと、女の顔《かお》には、目も鼻《はな》も口もなかったのだ！
図書館員《としょかんいん》はその場《ば》で気ぜつ。毎晩《まいばん》、午後《ごご》十時《じ》と午前《ごぜん》三時《じ》に
見まわりにくる警備会社《けいびがいしゃ》のガードマンに、
たおれているところを
発見《はっけん》された。

だいじょうぶですか？どうしたのです？

だいじょうぶです。
ちょっとふらっとして……。
きっとつかれが
たまっているんです。

図書館員《としょかんいん》は自分《じぶん》が見たものをガードマンに報告《ほうこく》しなかった。
毎日《まいにち》、閉館時間《へいかんじかん》のあとも、何時間《なんじかん》もしごとをしていたから、
つかれがたまり、そのせいで、いるはずのないものを見て、
ねむってしまったのだろうと思《おも》ったからだ。
それに、のっぺらぼうを見たなんていっても、信《しん》じてもらえない
にきまっている。

二度目《どめ》はつぎの土曜日《どようび》の夜《よる》だった。ことし入ったばかりのニューフェイスの男性図書館員《だんせいとしょかんいん》が夜《よる》の九時《じ》まで、事務室《じむしつ》でひとりでしごとをしていた。

しごとがひとだんらくしたので、その図書館員《としょかんいん》はそろそろかえろうと、自分《じぶん》のかばんをもち、事務所《じむしょ》の電気《でんき》をけして、ろうかにでた。

それから、何度《なんど》か、かどをまがり、図書館《としょかん》のうらにある通用口《つうようぐち》から外《そと》にでようとしたところ、いま、自分《じぶん》があるいてきたほうから、きみょうな音がきこえたような気がした。

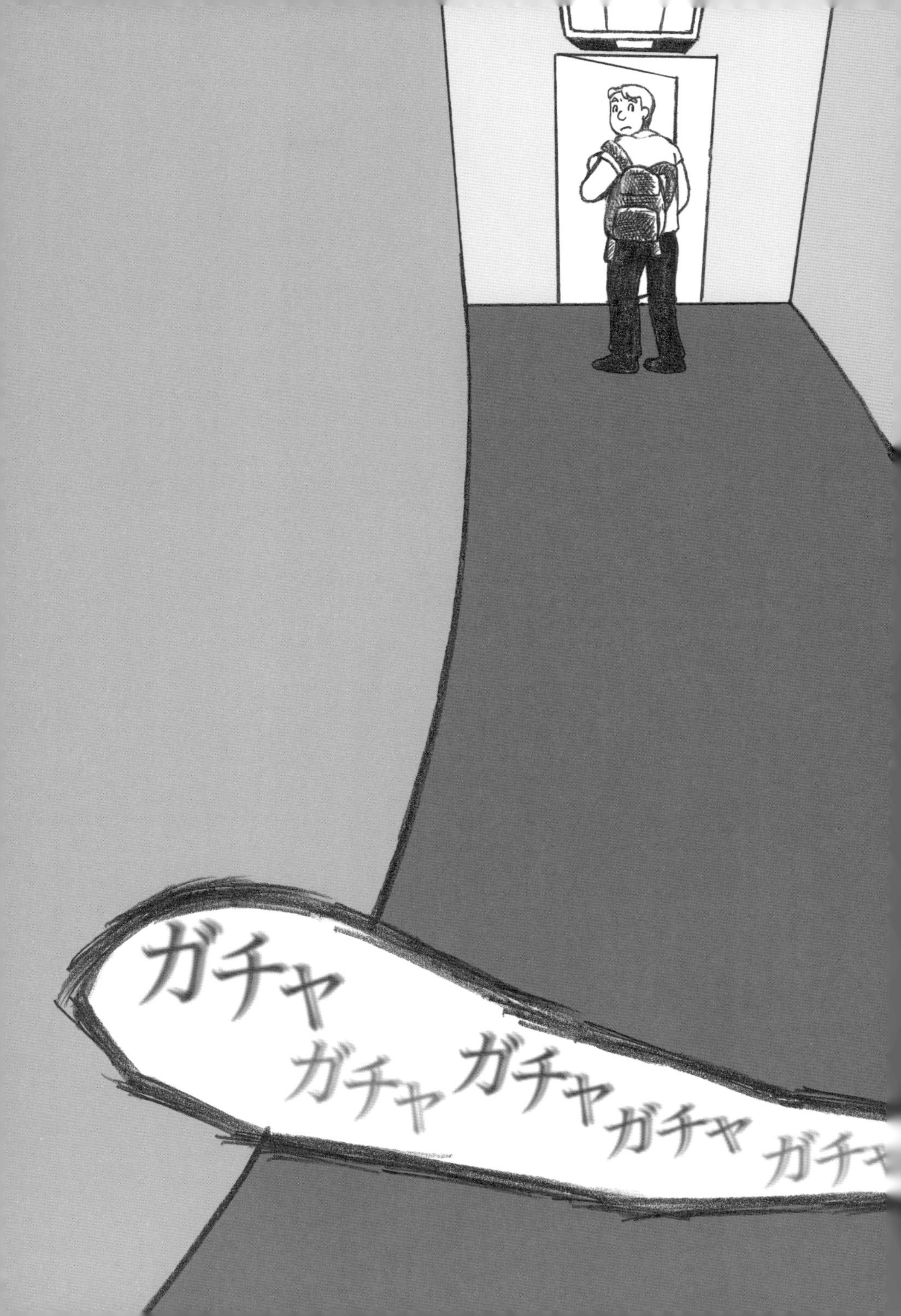
ガチャ
ガチャ
ガチャ
ガチャ
ガチャ

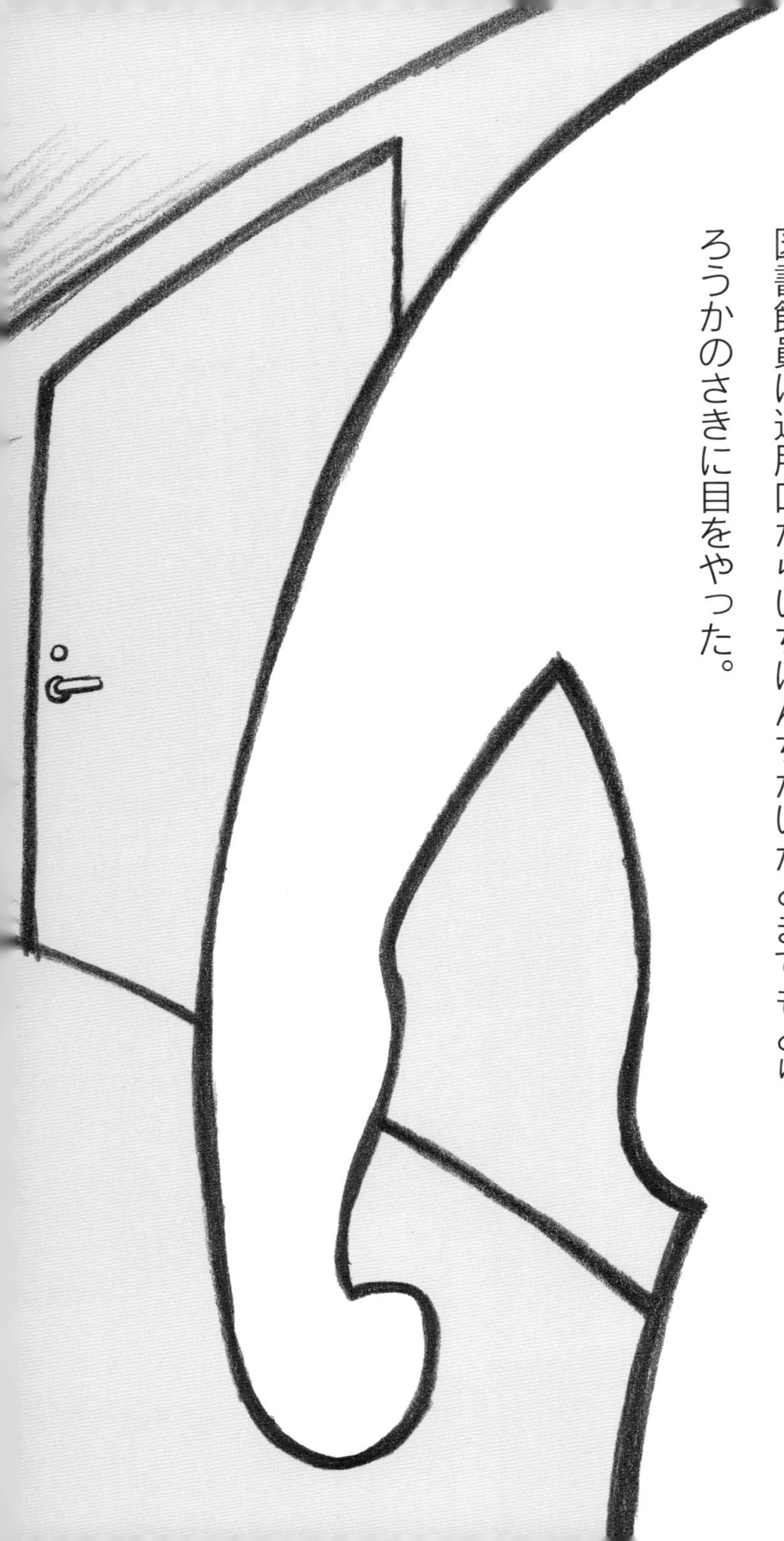

図書館《としょかん》にはもう、だれもいないはずなのにおかしいと思《おも》い、
図書館員《としょかんいん》は通用口《つうようぐち》からいちばんちかいかどまでもどり、
ろうかのさきに目をやった。

すると、うすくらがりの中を、
こちらに背《せ》をむけて、
あるきさっていこうとする
男のすがたがぼんやりと見えた。
図書館員《としょかんいん》は声《こえ》をかけた。

そこにいるのは
だれです！

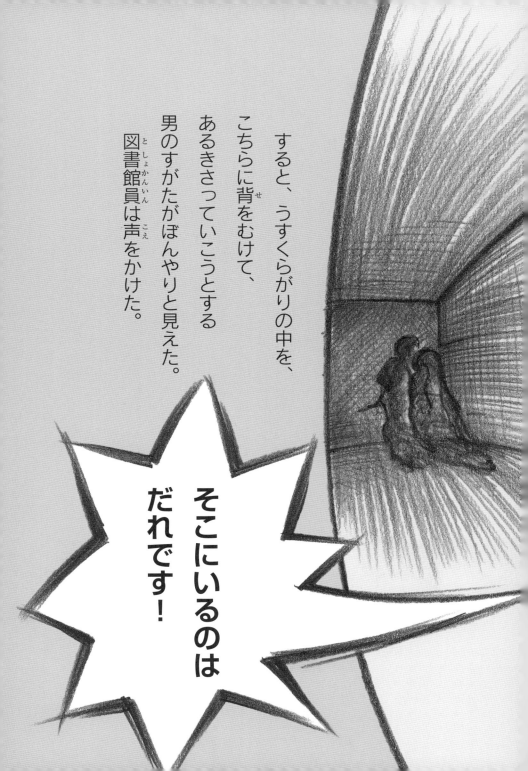

だが、くらがりの中の男はへんじをするどころか、
前《まえ》かがみになって、そのままあるいていく。
背中《せなか》に荷物《にもつ》のようなものをしょっていて、ふりむきもしない。
つぎのしゅんかん、図書館員《としょかんいん》は、男のさきにもうひとり、
だれかいることに気づいた。

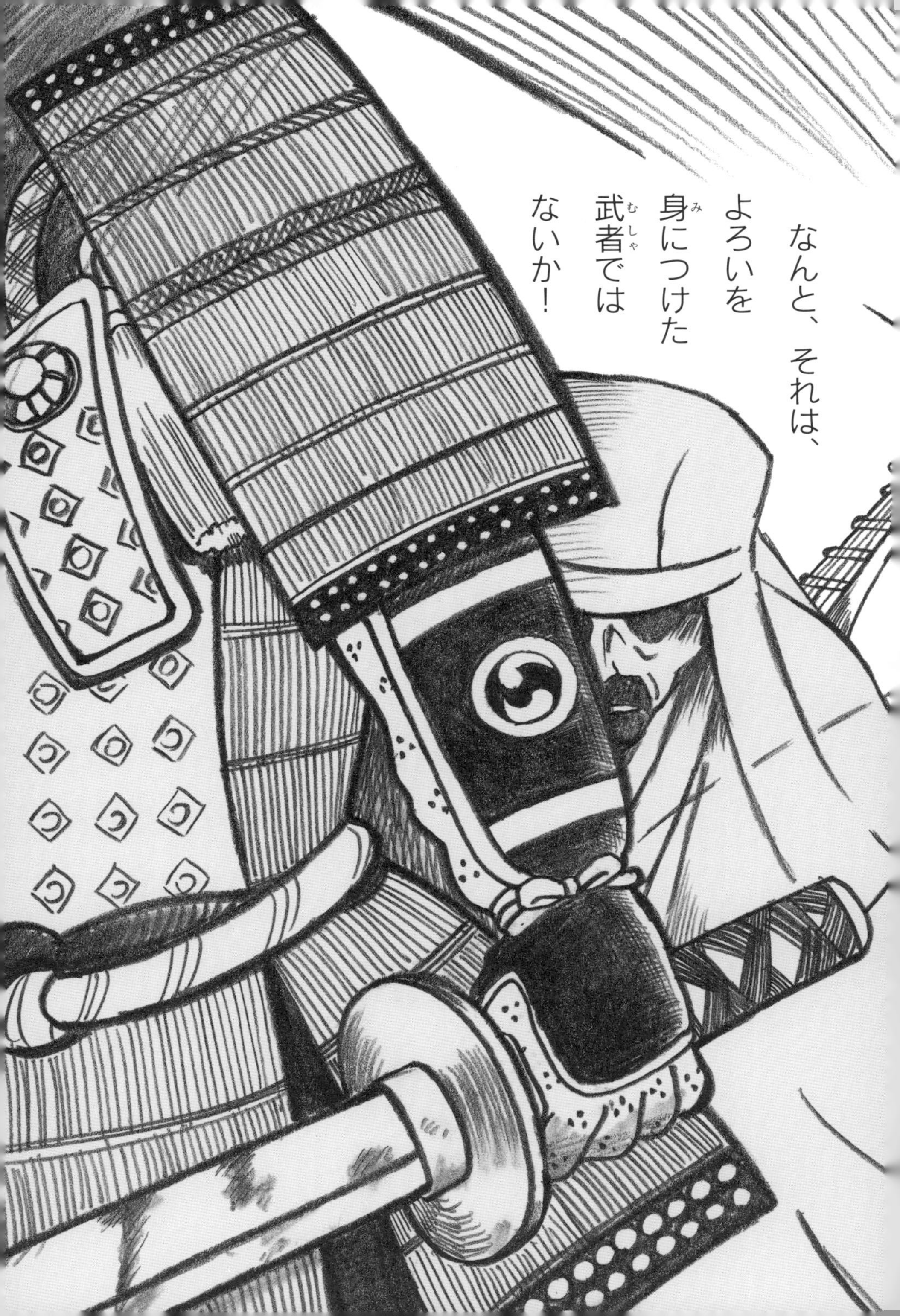
なんと、それは、
よろいを
身《み》につけた
武者《むしゃ》では
ないか！

きみょうなかっこうはしていたが、図書館員《としょかんいん》はふたりをどろぼうにちがいないと思《おも》った。

ふたりをコスプレどろぼうだとはんだんした図書館員《としょかんいん》は、大声《おおごえ》でよびかけた。

「まちなさい！」

だが、まてといわれて、まつどろぼうはいない。

その図書館員《としょかんいん》は柔道《じゅうどう》三段《だん》

で、どろぼうふたりくらい、
ひとりでつかまえる自信《じしん》が
あった。
図書館員《としょかんいん》は男にむかって、
とっしんした。

ところが、あと数《すう》メートルと
いうところで、ふたりとも、
すがたがきえた。

図書館員《としょかんいん》はふたりがいたところまで走《はし》っていったが、
そこにはだれもいなかった。
あたりをさがしたが、やはり、だれもいない。
念《ねん》のため、図書館員《としょかんいん》は、いったん荷物《にもつ》を
事務室《じむしつ》において、図書館中《としょかんじゅう》、見まわったが、
やはり、だれもいなかった。

たしかにきこえたと思《おも》ったのだが、
きみょうな音は、そら耳《みみ》だったのだろう。
へんな音をきいたと思《おも》ったから、
いもしない者《もの》がくらがりを
あるいているのだと思《おも》ったにちがいない。
図書館員《としょかんいん》はそう思《おも》い、そのことを
だれにも報告《ほうこく》しなかった。

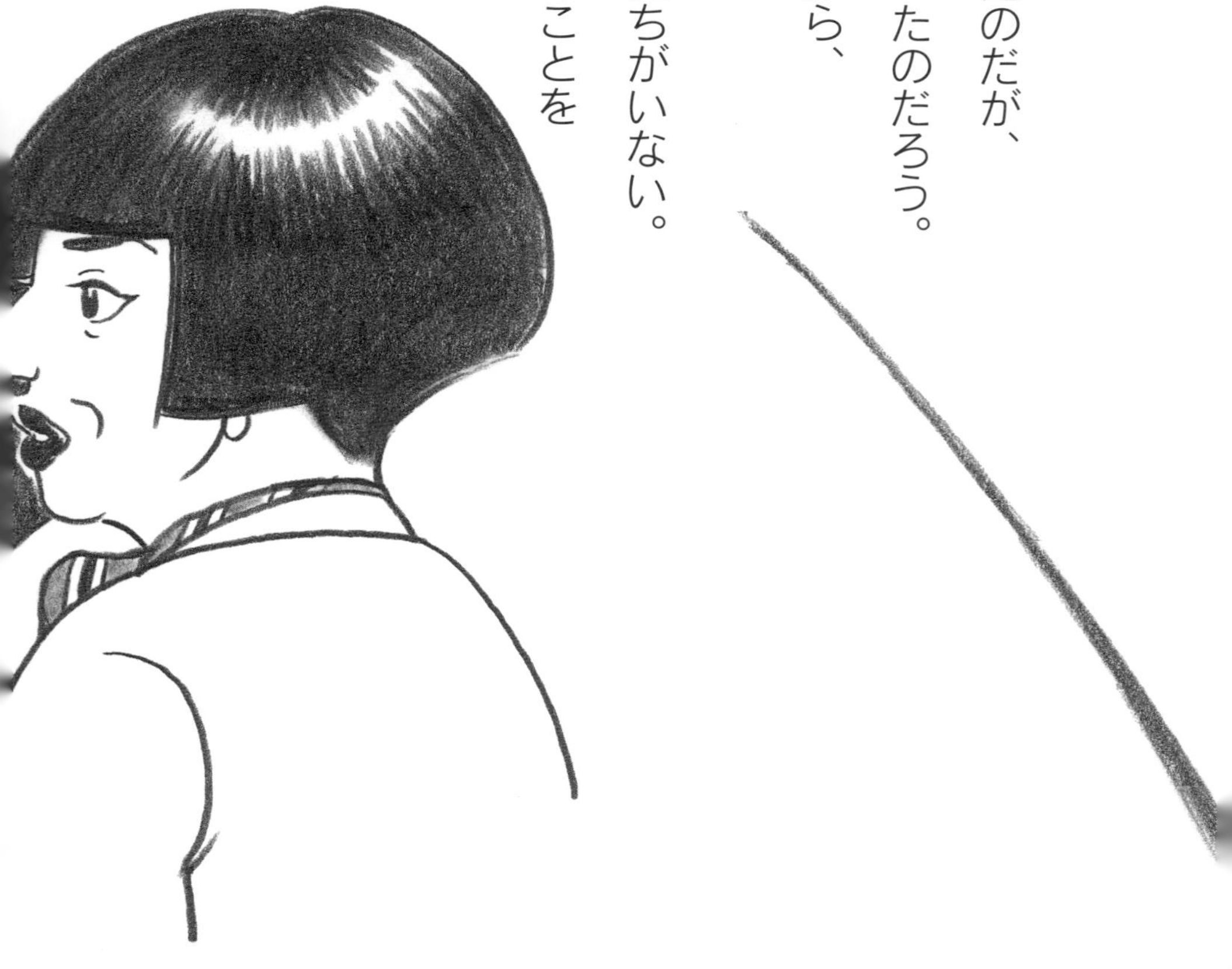

あとになって、その職員《しょくいん》がいうには、だれかにはなせば、おくびょうだから、そんなものを見るのだと、そういわれるのじゃないかと思《おも》って、だまっていたそうです。

つぎは、しばらくあとの日曜日《にちようび》の夜《よる》だった。

こんどは、わかい女性《じょせい》図書館員《としょかんいん》だった。ほかの図書館員《としょかんいん》がすべてかえってしまったあと、ロッカールームできがえをしていた。

時刻《じこく》は午後《ごご》九時半《じはん》ころだった。

もちろん、ロッカールームの電気《でんき》はついていた。

図書館員《としょかんいん》が、ロッカーのいちばん下にある通勤用《つうきんよう》のくつをだそうとして、しゃがんだとき、よこでなにかの気配《けはい》がした。

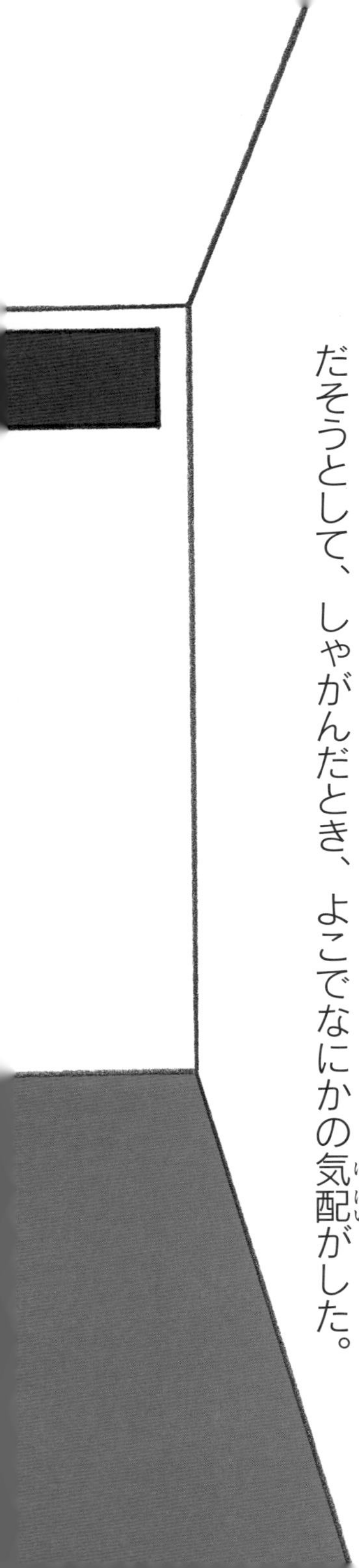

図書館員《としょかんいん》はしゃがんだまま、そちらに目をやった。

すると、数《すう》メートルさきに、髪《かみ》の長い、白い着物《きもの》をきた女の人が立って、目の前《まえ》のロッカーをじっと見ているではないか！

思《おも》わず、図書館員《としょかんいん》は、

「わっ！」

と声《こえ》をあげてしまった。

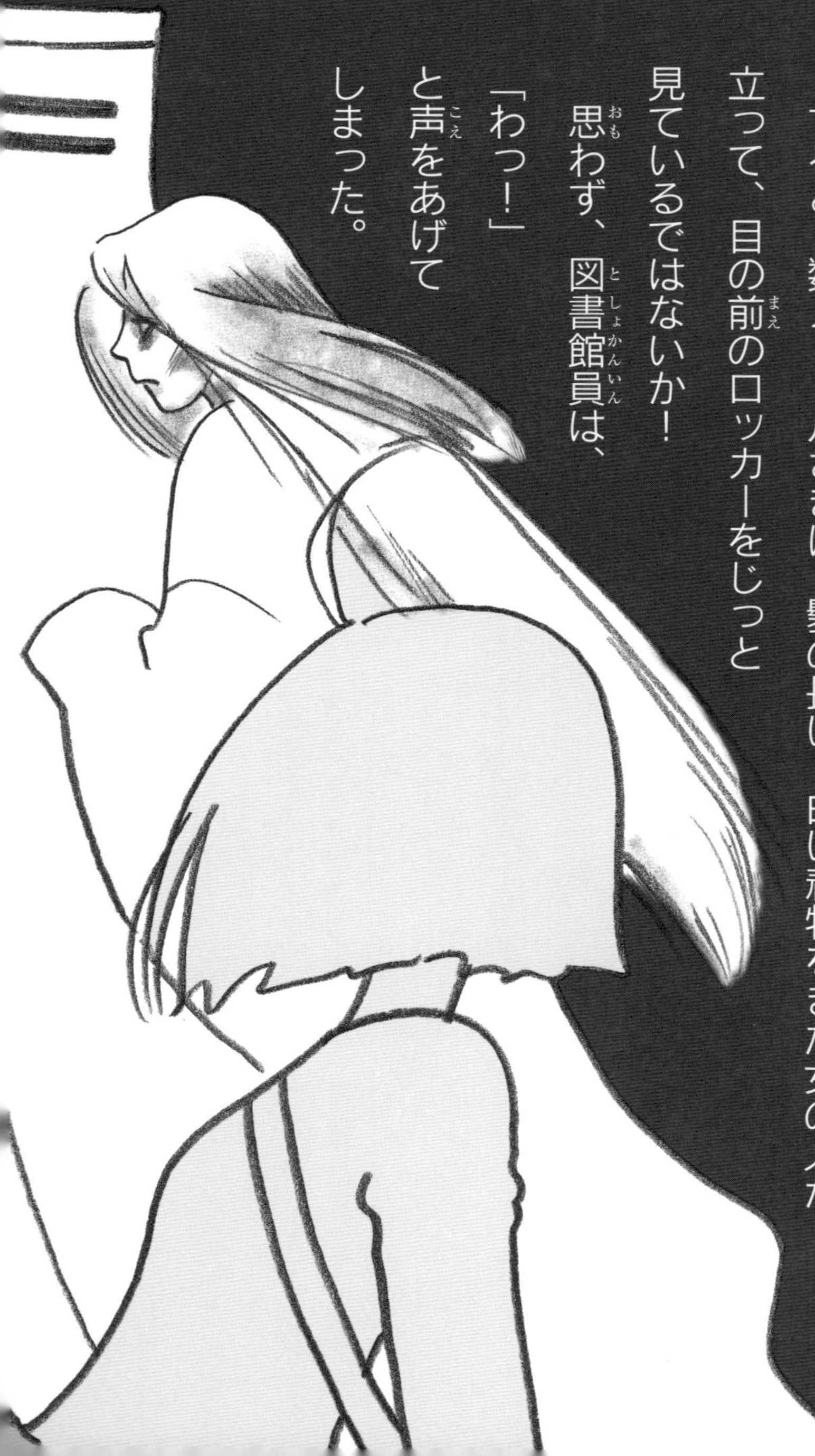

着物《きもの》の女性《じょせい》はゆっくりと図書館員《としょかんいん》のほうに顔《かお》をむけた。それは美人《びじん》といえば美人《びじん》だったが、顔色《かおいろ》は青ざめていた。

ゆうれいだ！
図書館員《としょかんいん》がそう思《おも》ったしゅんかん、女のすがたがきえた。
図書館員《としょかんいん》はあたりを見まわしたが、じぶんのほかには、
だれもいなかった。

その子は、それがゆうれいだという確信《かくしん》があったそうです。それで、わたしのところに報告《ほうこく》にきたのです。そこで、わたしは朝礼《ちょうれい》のとき、「みなさん、最近《さいきん》、かわったことがあったら、どんなことでも、報告《ほうこく》してください。」といったところ、ほかのふたりがそれぞれべつべつにわたしのところに報告《ほうこく》にきたというわけです。
ゆうれいなんて、いるはずはないのです。ぜんぶ、たぬきか、きつねのしわざです。

本賀好子《ほんがよしこ》館長《かんちょう》がはなしおわると、パパはいった。
おはなしはだいたいわかりました。こんやからすぐに調査《ちょうさ》してみましょう。館長《かんちょう》さんは、きょうはこれでおかえりください。

電気《でんき》は全館《ぜんかん》つけっぱなしで、図書館中《としょかんじゅう》、どこもかぎはかけないでおいてください。
それから、警備会社《けいびがいしゃ》に電話《でんわ》をして、こんやの見まわりはいらないとおつたえください。

わかりました。もちはもち屋《や》といいますものね。ガードマンではたぬきたいじはむりでしょう。やっぱり、専門《せんもん》のたぬきたいじ屋《や》さんでないとね。
食《た》べ物《もの》とのみ物《もの》は冷蔵庫《れいぞうこ》に、たくさん入っています。ご自由《じゆう》におめしあがりください。冷蔵庫《れいぞうこ》のとなりには、電気《でんき》ポットとレンジもあります。
それから、たぬきをおびきよせるために、食《た》べ物《もの》をおつかいになるのもかまいません。
といって、本賀好子《ほんがよしこ》館長《かんちょう》は立ちあがった。

かえりがけに、本賀好子《ほんがよしこ》館長《かんちょう》は、図書館《としょかん》の見とり図《ず》のコピーを
だし、
「事件《じけん》のあった場所《ばしょ》は、赤でまるをつけてあります。」
といって、それをパパにわたした。
本賀好子《ほんがよしこ》館長《かんちょう》がかえると、わたしとパパは
見とり図《ず》を見ながら、
冷蔵庫《れいぞうこ》の中のもので、
夕食《ゆうしょく》をとった。
レンジで解凍《かいとう》した
ピザを食《た》べながら、
わたしはいった。

「本賀《ほんが》さんがいってるみたいに、
たぬきのしわざかなあ。」

ちがうだろうなあ。
しかし、ひとつ、本賀《ほんが》さんに
ききわすれたことがあった。
しかし、いまさらきくのもなんだし、
それに、「あなた、読書《どくしょ》がすきですか？」
なんて、図書館長《としょかんちょう》にきけないよな。

「本賀《ほんが》さんが読書《どくしょ》ずきか
どうかなんて、事件《じけん》に
かんけいあるの？」
わたしがきくと、パパは、
「直接《ちょくせつ》かんけいないが、おれにはあの人が読書《どくしょ》ずきには
思《おも》えないんだよなあ。」
とこたえ、あとはなにもいわなかった。
わたしもおなじだから、とやかくいえないけれど、たしかに、
本賀《ほんが》館長《かんちょう》は、読書《どくしょ》よりおしゃれがすきなんじゃないかとわたしも

思《おも》った。なぜなら、本《ほん》賀《が》館《かん》長《ちょう》がきていた
のは、ママがデザインしているハルカ
ブランドのスーツとブラウスで、
しかもことしの新作《しんさく》だ。
おしゃれにお金をつかう人が、
あまり本を読《よ》まないとは
かぎらないけど……。

夕食《ゆうしょく》がすむと、パパとわたしは図書館長室《としょかんちょうしつ》をでて、事件《じけん》がおこった場所《ばしょ》を、おこった順番《じゅんばん》で見にいった。閲覧室《えつらんしつ》、通用口《つうようぐち》ちかくのろうか、ロッカールームの順《じゅん》だ。
館長室《かんちょうしつ》にもどってくると、パパはテーブルの上に見とり図《ず》のコピーをおき、ポケットから二色ボールペンをだして、閲覧室《えつらんしつ》から通用口《つうようぐち》、通用口《つうようぐち》からロッカールームというふうに、あるいたとおりに赤線《あかせん》をひいた。
書庫《しょこ》
ロッカー
ロッカー
倉庫《そうこ》
そして、その線《せん》を見ながら、つぶやいた。
もし、たぬきなら、この線《せん》にそったあたりのどこかにすみついているな。
やっぱりたぬきなの？
いや。もし、たぬきならばということだ。

まあ、このあたりじゃないか。
そういって、パパが指《ゆび》さしたのは、見とり図《ず》の赤線《あかせん》にそったへやだった。
それを見て、わたしはいった。
ロッカー
ロッカー
倉庫《そうこ》
そこって、倉庫《そうこ》じゃない?
もちろん、しゃれでそういったのではない。そこに、〈倉庫《そうこ》〉と書《か》いてあったのだ。
とにかく、この倉庫《そうこ》のちかくで、待機《たいき》してみるか。まずは、どこかから、いすをもってこないとだな。
ロッカー
ロッカー
書庫《しょこ》
倉庫《そうこ》

最新式《さいしんしき》の図書館《としょかん》というのは、テーブルもいすも、ゆかに固定《こてい》されていて、自由《じゆう》にうごかせるいすは意外《いがい》に少ない。

わたしとパパは、かしだしカウンターのうらにあったいすをふたつはこんできて、倉庫《そうこ》のドアちかくにおき、そこにすわって待機《たいき》した。

倉庫《そうこ》にすみついていることといい、いろいろなすがたであらわれることといい、もしかしたら、おばけの正体は、ほんとうにたぬきなんじゃないかと、わたしは思《おも》いはじめていた。

やっぱり、たぬきかな。
それともきつね。
そうじゃなかったら、
むじなとか……？

むじなだって？
あ、それ、
いい線《せん》いってるかも。

しばらくは、なにもおこらなかった。わたしはたいくつになってきたので、ユーチューブで、大すきなロックバンド、〈メッサー・トルテ〉のプロモーションビデオを見ることにした。それで、ポシェットの中からスマホをだし、イヤホンを耳につけようとしたときだった。

ひゅーっと、ろうかを冷《つめ》たい風《かぜ》が
ふきぬけ、首《くび》すじがぞっとした。
パパがいった。
「そうくると思《おも》った。
いよいよ大物登場《おおものとうじょう》だな。」

つぎのしゅんかん、
倉庫《そうこ》のドアに白いかげの
ようなものがあらわれた。
かげはすぐに人のかたちに
なった。

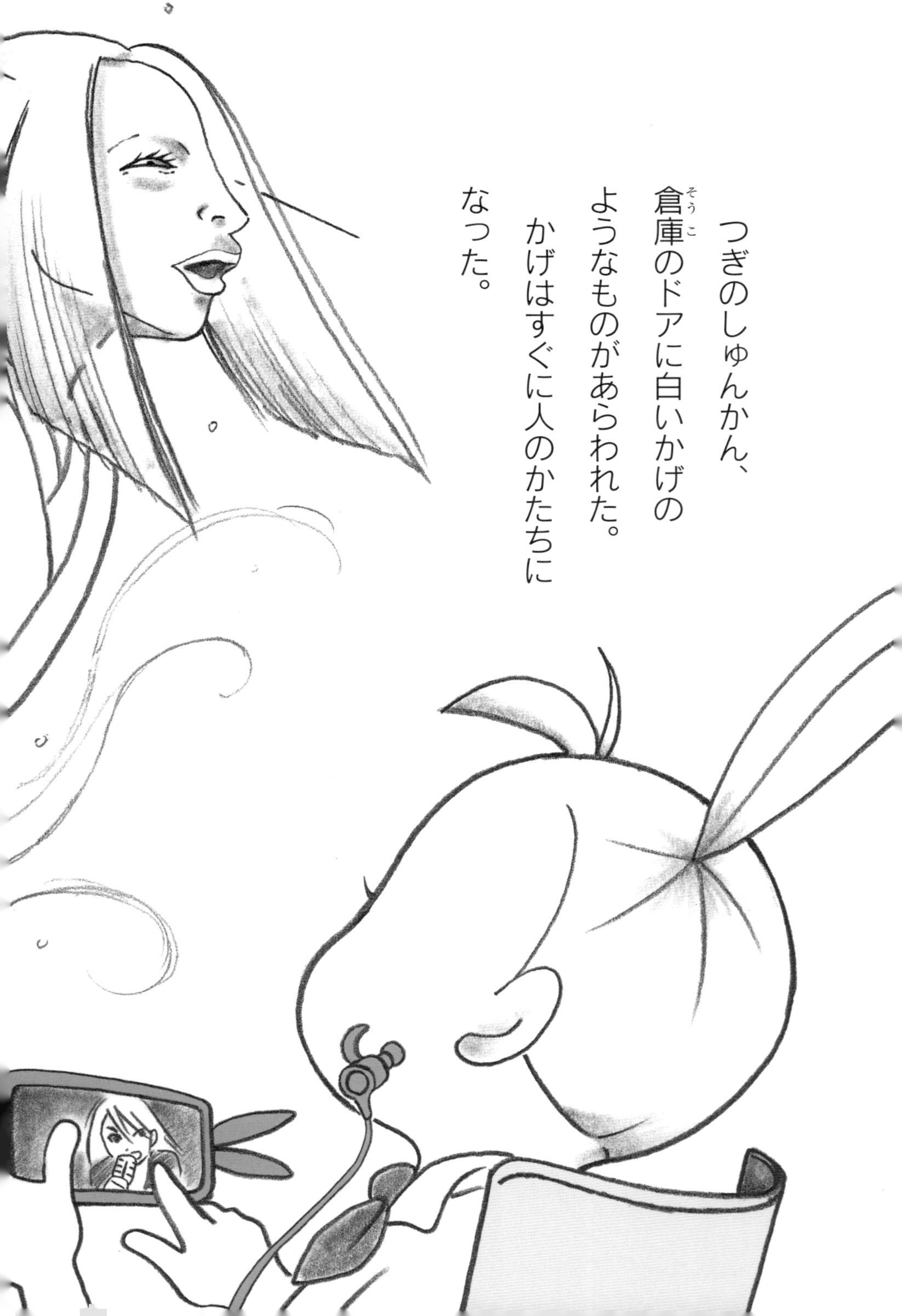

白い着物《きもの》をきた女だった。黒い髪《かみ》がこしまでかかっている。
女はドアからぬけでるようにして、わたしたちの前《まえ》に立った。
立ったといっても、足がゆかから三十センチくらいういている。

パパがわたしをよこ目で見て、
小さな声《こえ》でいった。

「雪女《ゆきおんな》だ……。」

パパの息《いき》が白くなっている。

「え？　雪女《ゆきおんな》って……。」

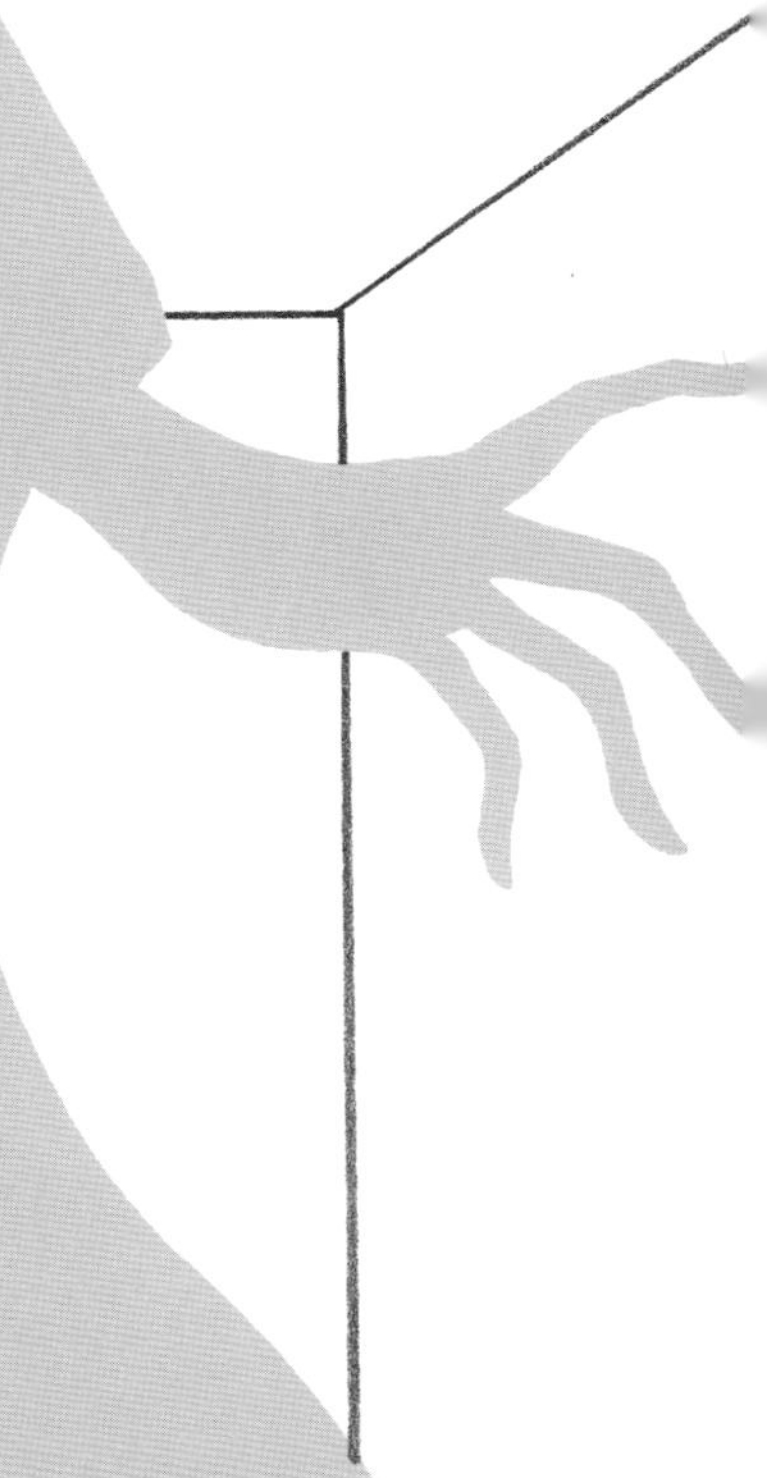

つい、そういってしまったわたしを、女がじろりと見た。

じっさいに見てないと、わからないかもしれないけれど、白い着物《きもの》をきた女、しかも、美人《びじん》が、ゆかから三十センチくらいういているだけでも、けっこうこわい。そのうえ、じろりと見られたら、さむくなくても、ふるえあがる。

女は
おおいかぶさる
ようにして、わたしに
ちかづいてきた。

パパが立ちあがった。

わたしをかかえて、にげるにちがいない……、と思《おも》ったら、ぜんぜんそうではなく、パパは倉庫《そうこ》のドアノブに手をかけ、ぐっとおした。

わたしを見ていた女がパパのほうをむいた。

パパにはわるいけど、正直《しょうじき》、わたしはほっとした。

パパが女にいった。

パパが倉庫《そうこ》に入った。

このとき……、倉庫《そうこ》の中がくらくて、あちこちに人魂《ひとだま》が
とんでいて、さっき本《ほん》賀《が》好《よし》子《こ》館長《かんちょう》のはなしにでてきた
おばけがせいぞろい……

……していたら、百二十パーセント、わたしは気ぜつをしていただろう。

けれども、そういうことはなかった。

パパが本賀好子館長《ほんがよしこかんちょう》に、電気《でんき》は全館《ぜんかん》つけっぱなしでと指示《しじ》しておいてくれたおかげで、倉庫《そうこ》の中は明るく、人魂《ひとだま》も、ほかのおばけたちもいなくて、白い着物《きもの》のおばけだけが、すみのほうにあったダンボール箱《ばこ》を指《ゆび》さしていただけだった。

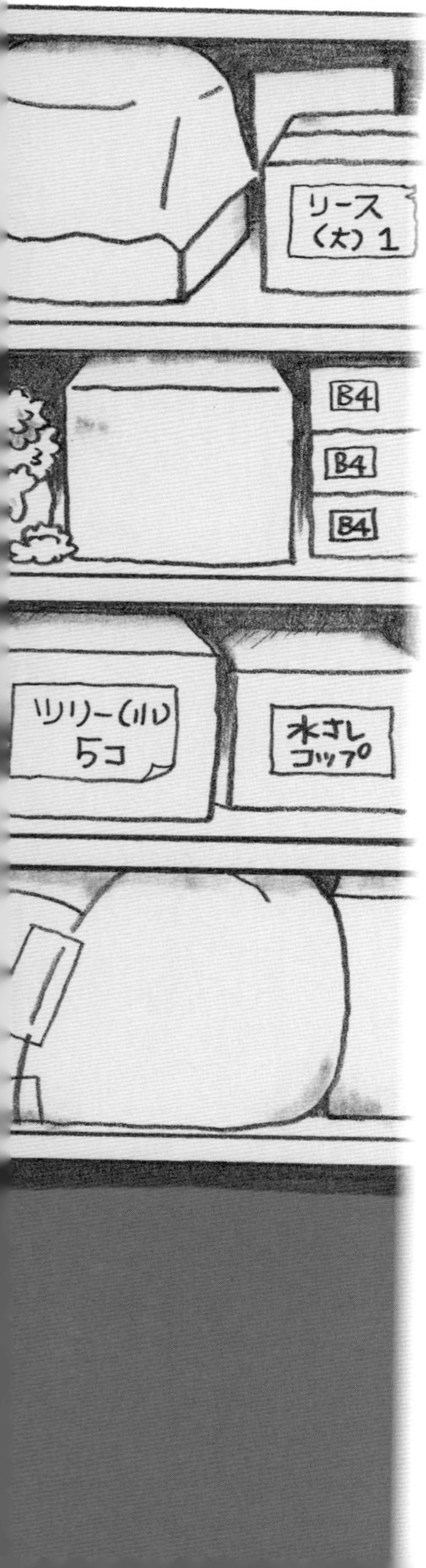

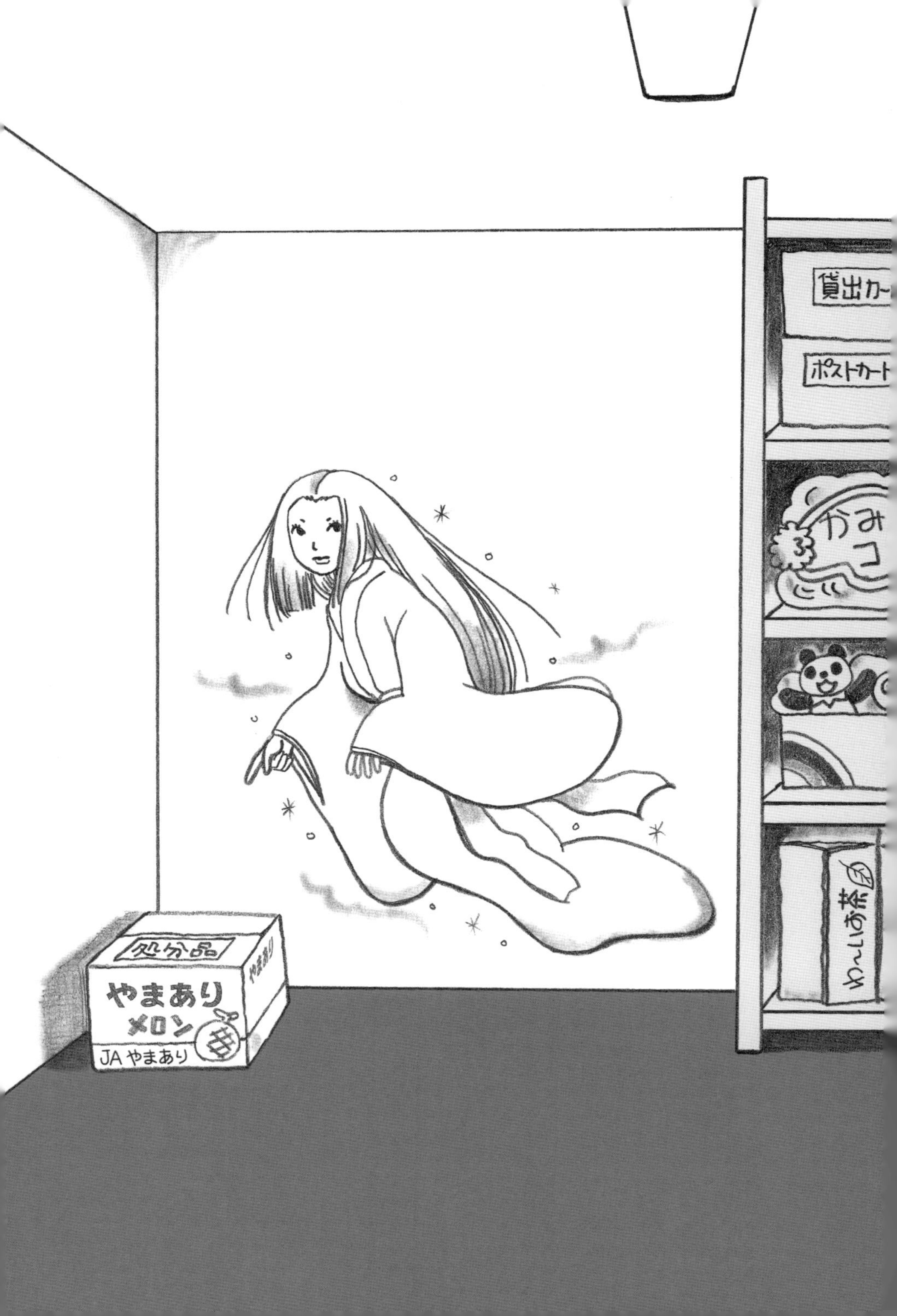
貸出カー
ポストカー
処分品
やまあり
メロン
JA やまあり
やまあり

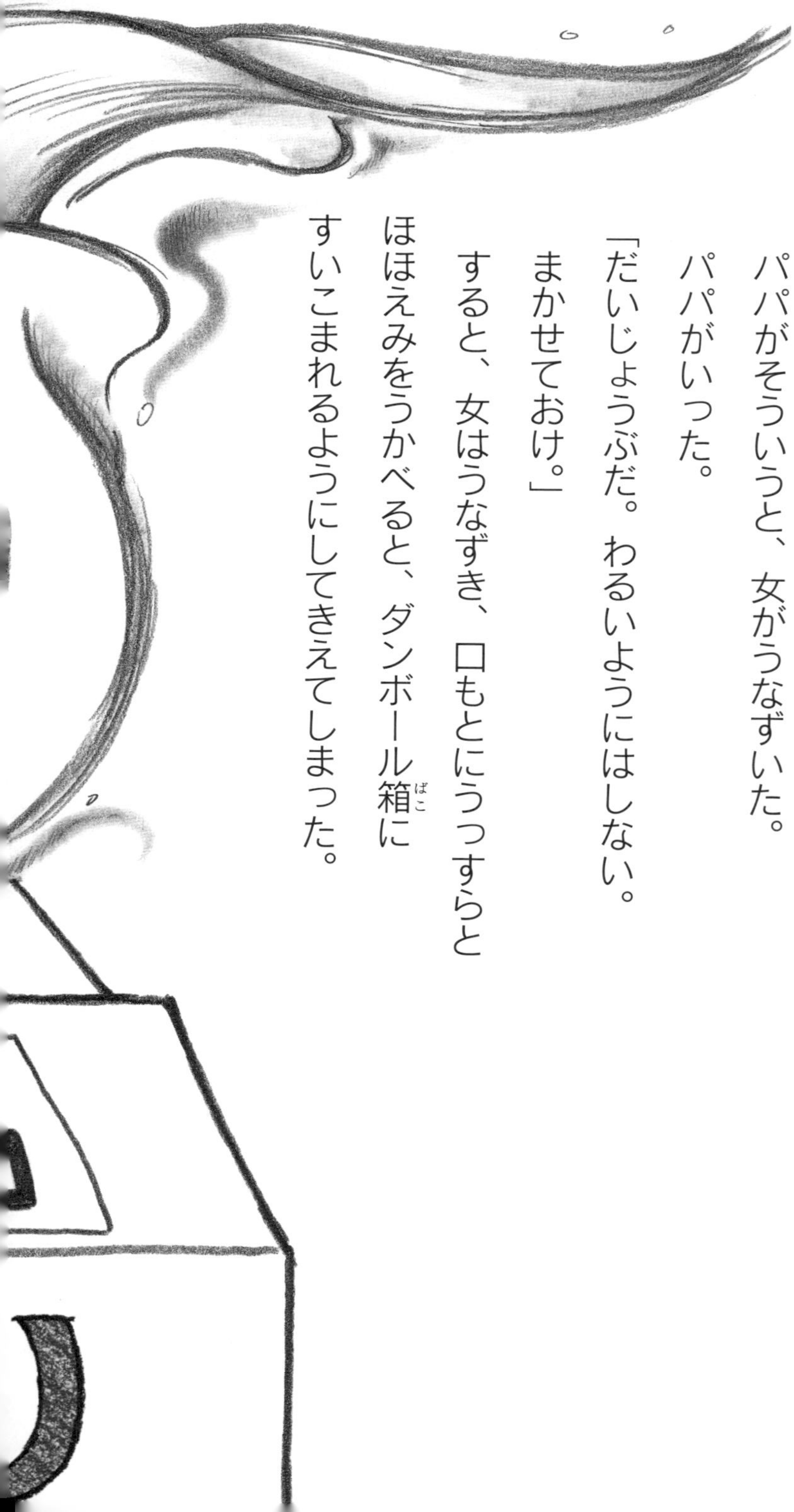

「わかった。その中だな。」

パパがそういうと、女がうなずいた。

パパがいった。

「だいじょうぶだ。わるいようにはしない。

まかせておけ。」

すると、女はうなずき、口もとにうっすらと

ほほえみをうかべると、ダンボール箱《ばこ》に

すいこまれるようにしてきえてしまった。

処分
やまあ

パパは、女が指《ゆび》さしていたダンボール箱《ばこ》をあけた。

わたしはちかくにいって、箱《はこ》の中をのぞいた。

すると、そこには女の顔《かお》があって、こちらを見て、にやにやしている、なんてことはなくて、本がつまれているだけだった。

パパは、いちばん上にあった本を手にとり、

「正体はこれだ。」

といって、わたしに手わたした。

それはずいぶんと古《ふる》い本で、表紙《ひょうし》には

アルファベットで〈KWAIDAN《ケーダブリューエーアイディーエーエヌ》〉と書《か》かれていた。

これ、くわいだんってよむの?
くわいだんじゃない、かいだん。つまり、こわいはなしの怪談《かいだん》さ。
KWAIDAN
LAFCADIO HEARN

パパはその本をわたしに
もたせたまま、ダンボール箱《ばこ》を
かかえあげ、館長室《かんちょうしつ》にもどり、
テーブルの上においた。
ダンボール箱《ばこ》のふたには、
白い紙《かみ》がはってあり、そこには、
〈処分品《しょぶんひん》〉と書《か》かれていた。
〈くわいだん〉だか〈かいだん〉だか
しらないけれど、どうやら
おばけの正体はその本らしい。

そんな本をいつまでももっているのはいやだから、わたしは本をそっとダンボール箱《ばこ》にもどした。

パパは本《ほん》賀《が》好《よし》子《こ》館《かん》長《ちょう》のけいたいに電《でん》話《わ》をかけた。
番《ばん》号《ごう》は、しごとをいらいされたときに、きいてあった。

あ、本賀《ほんが》さんですか？　日暮《ひぐれ》です。ええ。はい。もうだいじょうぶです。二度《ど》とおかしなことはおこらないと思《おも》います。そうです。ちゃんとたいじしました。いえ、たぬきっていうより、むじなでしたね。そうですか。すぐこちらにおいでくださるんですね。わかりました。おまちしております。
MONSTER DOUGHNUT

館長室《かんちょうしつ》で三十分くらいまっていると、本賀好子館長《ほんがよしこかんちょう》がもどってきた。
ほんとうに、もうだいじょうぶなんですか。

だいじょうぶです。万一《まんいち》またでたら、すぐにかけつけます。半月《はんつき》、異常《いじょう》がなかったら、うちの銀行口座《ぎんこうこうざ》に、おやくそくの十万《まん》円をおふりこみください。

パパはそういってから、ダンボール箱《ばこ》を指《ゆび》さした。
ところで、この〈処分品《しょぶんひん》〉って書《か》いてあるやつですけど、むじなをたいじしているとき、倉庫《そうこ》で見つけたんです。これ、いただいていって、いいでしょうか？
やまあり

かまいませんよ。古《ふる》い本ばかりで、無料《むりょう》でお客《きゃく》さまにさしあげたあとの、もらい手がいない本ばかりですけど。

わたしたちは、本賀好子館長《ほんがよしこかんちょう》の車で、駅前《えきまえ》のホテルにおくってもらった。ホテルは本賀好子館長《ほんがよしこかんちょう》が予約《よやく》しておいてくれたもので、料金《りょうきん》はもうはらってあった。

車の中で、パパが本賀好子館長《ほんがよしこかんちょう》に、

「図書館長《としょかんちょう》をされているくらいですから、やはり、本がおすきなんでしょうねえ。」

とたずねると、本賀好子館長《ほんがよしこかんちょう》は、大きくうなずいてこたえた。

「もちろんです。」

山有市街
Central Yamaari
大山
Oyama
小沼
konuma
でも、正直《しょうじき》にもうしあげると、読《よ》むのはすきじゃありません。本にかこまれているのがすきなんです。

「やっぱりね……。」

パパは小さな声《こえ》でつぶやいたけれど、たぶん、その声《こえ》は本賀好子《ほんがよしこ》館長《かんちょう》には、きこえてなかったと思《おも》う。

その日はそのホテルにとまり、土曜日《どようび》の朝《あさ》、ホテルをチェックアウトしたパパとわたしは、新幹線《しんかんせん》で東京《とうきょう》にもどってきた。

いきの新幹線《しんかんせん》チケットは、前《まえ》もってパパの事務所《じむしょ》におくられてきていたし、かえりのチケットは、朝《あさ》、ホテルのフロントにとどいていたから、今回《こんかい》は交通費《こうつうひ》ゼロで、経費《けいひ》ゼロ。

おまえ、この列車《れっしゃ》でかえるって、ママに知《し》らせたろ?
あかね新聞
かけ・もり問題
神田のそば

えーっ?
そうだったかなあ……。
東京
とうきょう
TOKYO
山区
しながわ
おかえり パパ ナツカ
だって、情報料《じょうほうりょう》一万円《まんえん》
もらっちゃったし、
こりゃあ、ランチは
ちかくのホテルの
フレンチだね、三人で。

今回《こんかい》の事件《じけん》のおばけの正体

おばけの正体はむじなではない。たぬきやきつねでもない。古《ふる》い本だ。それは、小泉八雲《こいずみやくも》という人が書《か》いた『怪談《かいだん》』という本で、本のさいごのページを見ると、のっぺらぼうみたいに、そこだけ白紙《はくし》で、いつどこから出版《しゅっぱん》されたのかわからない。かなりぼろぼろになっており、たくさんの人に読《よ》まれたらしいあとがある。パパがいうには、それはおばけのはなしの短編集《たんぺんしゅう》で、図書館《としょかん》にあらわれたのはどれも、その本にでてくるおばけだということだ。ただし、本のなかで甲冑武者《かっちゅうむしゃ》といっしょにいた人だけはおばけではなく、

人間《にんげん》だということだ。つくもがみといって、物《もの》が古《ふる》くなると、おばけになることがあるが、本が古《ふる》くなってつくもがみになったのかもしれないし、その本ははじめからおばけだったのかもしれない。本は、自分《じぶん》が処分《しょぶん》されると知《し》って、それをふせごうとして、自分《じぶん》がまだ役立《やくだ》つことをアピールするために登場《とうじょう》するおばけや人物《じんぶつ》を図書館員《としょかんいん》の前《まえ》に出現《しゅつげん》させたのだ。週末《しゅうまつ》にでたのは、図書館《としょかん》がいそがしく、閉館後《へいかんご》も、図書館員《としょかんいん》がおそくまで図書館《としょかん》にのこっていたからではないだろうか、とパパはいっている。

今回《こんかい》の事件《じけん》のパパのコメント

「図書館長《としょかんちょう》の本賀《ほんが》さん以外《いがい》の図書館員《としょかんいん》は、自分《じぶん》が見たおばけ以外《いがい》のおばけは見ていないのだから、わからなくてもしかたがないが、本賀館長《ほんがかんちょう》は、見た人からはなしをきいて、それがどれも、『怪談《かいだん》』にでてくるシーンだと気づきそうなものだ。いくら本がすきでも、まわりにおいておくだけではだめで、ちゃんと読《よ》まないとなあ。」

というのが、パパのコメント。それから、

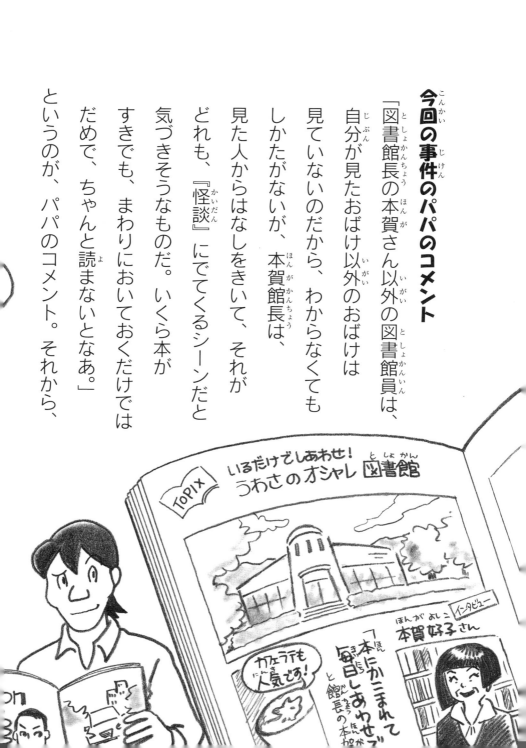

パパがおばけの正体をむじなだってことにしておいたのは、本《ほん》賀《が》好《よし》子《こ》館長《かんちょう》をこわがらせないため、ということだ。

今回《こんかい》の事件《じけん》で、パパが、「むじなだって？　あ、それ、いい線《せん》いってるかも。」といったわけ

『怪談《かいだん》』の中で、のっぺらぼうの正体はむじならしい。

今回《こんかい》の事件《じけん》のバスター料《りょう》について

銀行《ぎんこう》にふりこまれてきた十万円《まんえん》のふりこみ人名義《にんめいぎ》は、図書館《としょかん》ではなく、本賀好子《ほんがよしこ》さん個人《こじん》だった。たぶん、バスター料《りょう》だけではなく、新幹線料金《しんかんせんりょうきん》やタクシー代《だい》、それからホテル代《だい》も、すべて本賀好子《ほんがよしこ》さん個人《こじん》が負担《ふたん》したのだろう。これについてパパは、

「図書館長《としょかんちょう》にふさわしいのは読書量《どくしょりょう》ではなく、図書館《としょかん》にたいする愛《あい》だな。そのてん、本賀《ほんが》さんはもうしぶんない。」

なんていっている。

今回《こんかい》の事件《じけん》についてのナツカのコメント

図書館《としょかん》にあった『怪談《かいだん》』はパパの事務所《じむしょ》にあるから、こんど読《よ》ん

でみる。ホテルから宅配便《たくはいびん》で事務所《じむしょ》におくったダンボールに入っていたほかの本もできるだけ読《よ》む……つもり。

ナツカのおばけ帳《ちょう》簿《ぼ》

婚活《こんかつ》ろくろっ首《くび》

金曜日《きんようび》の学校からのかえりに、パパの事務所《じむしょ》によってみると、ママがきていて、キッチンでじょうきげんに、晩《ばん》ごはんのしたくなんかをしていた。

きてるよ。ナツカ、
おまえママに、
「世界中《せかいじゅう》のハルカブランドの
ファンがまってるんだから、
こんなところで、
ハンバーグなんて
つくってるばあいじゃない。」
って、そういってやってくれよ。

　そのとき、ドアのチャイムがなったので、わたしがげんかんにでてみると、和服《わふく》をきて、髪《かみ》をアップさせた、かなりの美人《びじん》が入ってきて、

「こちら、おばけの問題《もんだい》をかいけつしてくださる日暮《ひぐれ》先生の……。」

といったので、わたしは、

「そうです。中へどうぞ。」

といって、その人を事務所《じむしょ》にあんないした。

　あんないっていっても、げんかんをあがれば、そこが事務所《じむしょ》なんだけど。

わたしがゴーストバスターの日暮《ひぐれ》です。どのようなご用件《ようけん》でしょうか。しつこい男のおばけにつきまとわれて、おこまりとか？

ところが、女の人はいすにすわると、

「じつは……。」

といったきり、うつむいて、だまりこんでしまった。

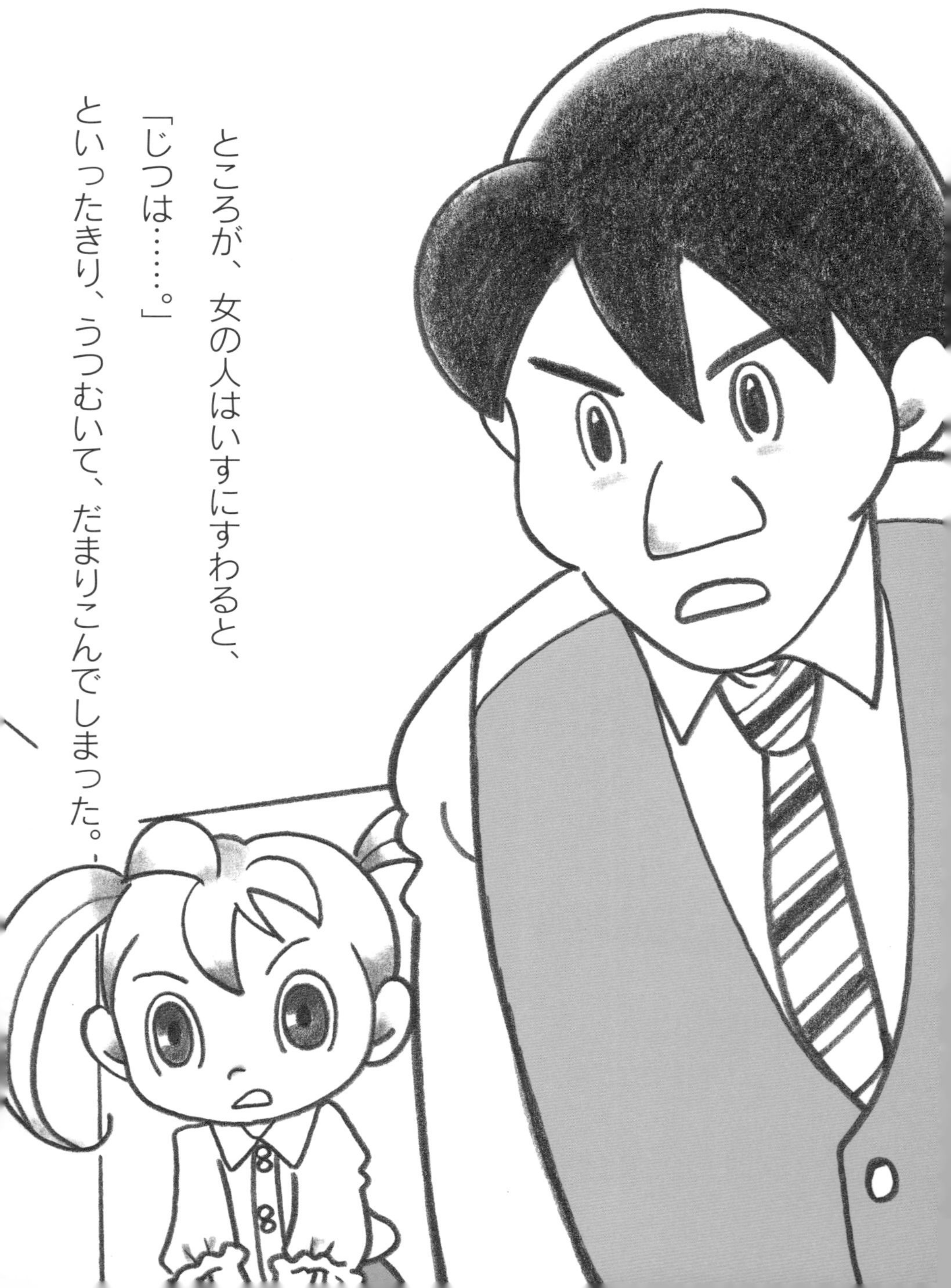

「じつは？」

と、パパがはなしのさきをうながすと、
女の人は、

「じつは、わたし、こまってるんです……。」

とこたえたが、あいかわらずうつむいている。

パパがもう一度《ど》、はなしをうながした。
「じつは、どうおこまりなのです？」
すると、女の人はゆっくりと顔《かお》をあげた。
図書館《としょかん》の事件《じけん》のあとだけに、もしかして、
この人、のっぺらぼうなんじゃないかと、
わたしは心《こころ》のじゅんびをした。
顔《かお》に目や鼻《はな》や口がないことを
かくごしたのだ。

でも、そういうことはなく、その人の顔《かお》に、ないものはなかった。
そのかわり……。

女の人の首《くび》が
いきなり、のびた!

な、な、なんと！　その人はろくろっ首《くび》だったのだ！

わたしとパパはいままでに何度《なんど》も、いろんなおばけと遭遇《そうぐう》している。このあいだは雪女《ゆきおんな》にあったばかりだ。

けれども、いきなり、しかも、パパの事務所《じむしょ》で、お客《きゃく》の首《くび》がのびたら、びっくりするではないか！

でも、そこに、まるでびっくりしない者《もの》がひとりいた。

それはママだった。

あなた、いきなり首《くび》なんかのばして、いくら美人《びじん》だからって、しつれいよ！ここは、こまってるおばけじゃなくて、おばけにこまっている人のそうだんにのるところよ！

ママにそういわれ、女の人が首《くび》をもとにもどしたところで、パパがママに、
まあまあ、おちついて。
といってから、きちんとすわりなおし、女の人にたずねた。

それで、どのようなことで、おこまりなんですか？いまのように、とつぜん、首《くび》が長《なが》くなって、こまるとか？

すると、女の人は、はなしはじめた。
のばそうと思《おも》えば、いまのように、いつでも、どこでも、首《くび》をのばすことができるのです。

でも、夜《よる》、ねむってるときは、首《くび》がかってにのびてしまい、はっと目をさますと、台所《だいどころ》まで首《くび》がのびて、オリーブオイルなんかをなめていたりするんです。

それから、女の人がぽつりぽつりとはなしたことをまとめると、それはだいたいこういうことだった。
女の人の人間《にんげん》世界《せかい》での名前《なまえ》は六路長枝《ろくろながえ》で、もちろん人間《にんげん》ではない。ろくろっ首《くび》だ。
けれども、六路長枝《ろくろながえ》は、もう長《なが》いあいだ、人間《にんげん》世界《せかい》でくらしている。そういうおばけは、たくさんいる。なかには、人間《にんげん》と恋《こい》をして、結婚《けっこん》し、おばけだということがずっとばれないばあいもあるそうだ。

六路長枝《ろくろながえ》も、できれば、ふつうに、というか、ふつうの人間《にんげん》の男性《だんせい》と恋《こい》をして、結婚《けっこん》したいという。それには、ねむっているあいだに首《くび》がのびてしまっては、いかにも不都合《ふつごう》ではないか。そうならないようにする方法《ほうほう》はないものだろうか……。

はなしをききおわり、パパが、
「ううん、それは……。」
といったところで、いきなりママが
パパをおしのけるようにして、
パパのとなりにすわった。そして、
「だいじょうぶ！」
といいきった。

あなた、首《くび》がのびる
っていうのは、欠点《けってん》じゃ
なくて、個性《こせい》よ。わたし、
ファッション業界《ぎょうかい》で
はたらいているんだけど、
わたしの業界《ぎょうかい》って、
けっこう個性的《こせいてき》な人が多くて、
夜《よる》、首《くび》が長《なが》くなるくらい、気にしない
男だっているはず！
あなた、すごくきれいで、
スタイルもいいし、どう？
しばらく、わたしのところで、
モデルとしてはたらいてみない？
モデルって、けっこうセレブ男の
妻《つま》になっちゃうのよ。
わるいはなしじゃないでしょ。
そうなさいな！

そのあと、ママがファッション業界《ぎょうかい》のことを六路長枝《ろくろながえ》に
はなすと、六路長枝《ろくろながえ》はだんだんその気になってきて、とうとう、
「それなら、わたし、モデル、やってみます！」
といい、もうパパの事務所《じむしょ》にはこないという条件《じょうけん》で、
ハルカブランドの専属《せんぞく》モデル契約《けいやく》をしてかえっていった。

月曜《げつよう》の朝《あさ》、わたしの事務所《じむしょ》にきてね。そしたら、あなたのこと、スタッフのみんなに紹介《しょうかい》するから！

そのあと、ママはキッチンにもどり、鼻歌《はなうた》まじりにハンバーグをつくり、わたしたちはそれを食《た》べたのだけれど、味《あじ》はいわないことにする。

パンのおさら
プレゼント!
ママはファッションデザイナーとしては天才《てんさい》だけど、料理《りょうり》の才能《さいのう》はちょっと……。

Special Selection

今回《こんかい》の事件《じけん》のかぎ

不都合《ふつごう》なことでも、見かたをかえれば、個性《こせい》だ。

今回《こんかい》の事件《じけん》の後日談《ごじつだん》

まだ結婚《けっこん》あいては見つかっていないけれど、六路長枝《ろくろながえ》は、モデルとして活躍《かつやく》しはじめ、このあいだ、ファッション雑誌《ざっし》に写真《しゃしん》がのっていた。ママがいうには、このごろ、六路長枝《ろくろながえ》は、結婚《けっこん》のことはあまり口にしなくなったとのこと。婚活《こんかつ》がけっかとして就活《しゅうかつ》になったっていうかんじだ。

HARUKA NAMIKI for Dear

ナツカのおばけ帳簿《ちょうぼ》
前回の残高 ¥25,104,849
● 収入 ¥0
● 支出 ¥0
残高 ¥25,104,849

そういうわけで、今回《こんかい》は
収入《しゅうにゅう》も支出《ししゅつ》もゼロ。
あいかわらず、ママのパパへの
アタックはつづいている。
わたしがパパに、
「ママが料理《りょうり》をつくらないっていう
条件《じょうけん》で、再婚《さいこん》を考《かんが》えてみたら？」
と提案《ていあん》したら、パパは、
「ううん。それはちょっと……。」
だって。
まだまだ、ママのパパへの
（再《さい》）婚活《こんかつ》がつづくだろう。
ひるナビ!
私自身《わたしじしん》が何度《なんど》でも着《き》たいドレス

著者　**斉藤 洋**（さいとう　ひろし）
1952年、東京に生まれる。『ルドルフとイッパイアッテナ』で第27回講談社児童文学新人賞受賞。『ルドルフともだちひとりだち』で第26回野間児童文芸新人賞受賞。路傍の石幼少年文学賞受賞。『ベンガル虎の少年は……』「なん者・にん者・ぬん者」シリーズ、「妖怪ハンター・ヒカル」シリーズ（以上あかね書房）など、数多くの作品がある。

画家　**かたおかまなみ**
静岡県に生まれる。現在、学習・育児雑誌などのイラストで活躍している。挿し絵の作品として、『ゆうれい出したら3億円』（国土社）、『だいすき朝の読み物75話（うち4話）』（学習研究社）などがある。

装丁……VOLARE inc.

ナツカのおばけ事件簿・16

図書館の怪談

発行　2018年1月　初版発行
　　　2018年12月　第3刷
著者　斉藤 洋
画家　かたおかまなみ
発行者　岡本光晴
発行所　株式会社あかね書房
　　　東京都千代田区西神田 3-2-1 〒101-0065
　　　電話　03-3263-0641(営業)
　　　　　　03-3263-0644(編集)
印刷所　錦明印刷株式会社
製本所　株式会社難波製本

ISBN 978-4-251-03856-2 NDC 913 113p 22cm

斉藤洋の好評シリーズ

あかね書房

〈ナツカのおばけ事件簿シリーズ〉

1. メリーさんの電話
2. 恐怖のろくろっ手
3. ゆうれいドレスのなぞ
4. 真夜中のあわせかがみ
5. わらうピエロ人形
6. 夕ぐれの西洋やしき
7. 深夜のゆうれい電車
8. ゆうれいパティシエ事件
9. 呪いのまぼろし美容院
10. 魔界ドールハウス
11. とりつかれたバレリーナ
12. バラの城のゆうれい
13. テーマパークの黒髪人形
14. むらさき色の悪夢
15. 初恋ゆうれいアート
16. 図書館の怪談

〈以下続刊〉

〈妖怪ハンター・ヒカルシリーズ〉

1. 闇夜の百目
2. 霧の幽霊船
3. かえってきた雪女
4. 花ふぶきさくら姫
5. 決戦！ 妖怪島

〈ふしぎパティシエールみるかシリーズ〉

1. にんぎょのバースデーケーキ
2. ミラクルスプーンでドッキドキ！
3. しあわせ♥レインボー・パウダー
4. ピカリ〜ン☆へんしんスイーツ

〈以下続刊〉

〈なん者・にん者・ぬん者シリーズ〉

1. なん者ひなた丸 ねことんの術の巻
2. なん者ひなた丸 白くもの術の巻
3. なん者ひなた丸 大ふくろうの術の巻
4. なん者ひなた丸 火炎もぐらの術の巻
5. なん者ひなた丸 月光くずしの術の巻
6. なん者ひなた丸 金とん雲の術の巻
7. なん者ひなた丸 津波がえしの術の巻
8. なん者ひなた丸 千鳥がすみの術の巻
9. なん者ひなた丸 黒潮がくれの術の巻
10. なん者ひなた丸 空蝉おとしの術の巻
11. なん者ひなた丸 南蛮づくしの術の巻
12. なん者ひなた丸 まぼろし衣切りの術の巻
13. なん者ひなた丸 むささび城封じの術の巻
14. なん者ひなた丸 ばけねこ鏡わりの術の巻
15. なん者ひなた丸 まどわし大ねことんの術の巻

ずかん三兄弟《さんきょうだい》
かずかん
あおずかん
背《せ》すじもこおる
おそろしいものばかり
あつめて解説《かいせつ》。
きずかん
だれも本に
気づかない。
本だな迷宮《めいきゅう》
本をさがすうちに
おくへおくへとまよいこみ
でられなくなってしまう。
方位《ほうい》磁石《じしゃく》がくるい、
ガイコツがちらばって
いるというウワサも…。
本ゾンビ
きられた本や
よごされた本がよみがえり
人間《にんげん》をおそう。かじられた
人は、古本《ふるほん》になってしまう。
皿《さら》やしき番長《ばんちょう》
本を1ページ1ページ
かぞえ
ページをきりとった
犯人《はんにん》をつかまえて
とっちめる
コワーイ番長《ばんちょう》。
へんきゃくポスト
本をなかなか
かえさない
「へんなきゃく」を
食《た》べるポスト。
へんきゃく口